CALENDRIER
DE PAPHOS,

DÉDIÉ

AUX JOLIES FEMMES;

RECUEIL

DES Pieces de Vers les plus ingénieuſes & les plus galantes, faites par les Dames, ou en leur honneur,

Avec le nom des Auteurs.

ON a joint à ce petit Recueil, des Tablettes du nouveau Papier, & un Stylet pour écrire ce que l'on deſirera, & pour y jetter ſur le champ ſes penſées, ſa dépenſe, ſes pertes, ſes gains & généralement tout ce dont on voudra ſe ſouvenir.

A PARIS,

Chez DESNOS, Ingénieur-Géographe & Libraire de Sa Majeſté Danoiſe, rue Saint-Jacques, au Globe.

M DCC. LXXVIII.

Avec Approbation, & Privilége du Roi.

EPITRE DÉDICATOIRE.

MESDAMES,

*L'AMBITION de vous plaire, le desir de vous amuser, voilà les seuls motifs qui nous ont guidés dans la rédaction de ce petit Recueil. Pourriez-vous ne pas le favoriser d'un de vos regards? C'est vous-mêmes qui avez le plus contribué à l'embellir. Celles d'entre vous que leur esprit, plus encore que leurs attraits, rendent la gloire de leur sexe & l'ornement de leur siecle, y tiennent le premier rang. Vous y verrez les Deshoulieres, les Bussi, les la Suze, les B***, &c. &c. le disputer dans leurs Ouvrages, en graces, en légéreté, à nos Auteurs les plus célebres, aux Chaulieu, aux de Lille, aux Pavillon, aux Voltaire.*

Protégez donc, MESDAMES, ce premier Recueil. C'eſt un hommage dû à vos talens ; nous vous le rendons avec le plus grand plaiſir.

CALENDRIER DE PAPHOS.

PREMIERE PARTIE.

BALLADE.

A CAUTION mes amans ſont ſujets ;
Cette maxime en ma tête eſt écrite.
Point n'ai de foi pour leurs tourmens ſecrets ;
Point auprès d'eux n'ai beſoin d'eau-bénite.
Dans cœur humain probité plus n'habite :
Trop bien encore a-t-on les mêmes dits,
Qu'avant qu'aſtuce au monde fût venue ;
Mais pour d'effets, la mode en eſt perdue :
On n'aime plus comme on aimoit jadis.

*

Riches atours, table, nombreux valets,
Font aujourd'hui les trois quarts du mérite.
Si des amans ſoumis, conſtans, diſcrets,
Il eſt encor, la troupe en eſt petite :
Amour d'un mois eſt amour décrépite ;

Amans brutaux ſont les plus applaudis.
Soupirs & pleurs feroient paſſer pour grue.
Faveur eſt dite auſſi-tôt qu'obtenue.
On n'aime plus comme on aimoit jadis.

*

Jeunes beautés en vain tendent filets ;
Les jouvenceaux, cette engeance maudite ;
Fait bande à part ; près des plus doux objets
D'être indolent chacun ſe félicite.
Nul en amour ne daigne être hypocrite ;
Ou , ſi par fois, un de ces étourdis
A quelques ſoins s'abaiſſe & s'habitue,
Don de merci ſeul il n'a pas en vue.
On n'aime plus comme on aimoit jadis.

*

Tous jeunes cœurs ſe trouvent ainſi faits ;
Telle denrée aux folles ſe débite :
Cœurs de barbons ſont un peu moins coquets.
Quand il fut vieux, le diable fut hermite.
Mais rien chez eux à tendreſſe n'invite.
Par maints hivers deſirs ſont refroidis ;
Par maux fréquens humeur devient bourrue ;
Quand une fois on a tête chenue.
On n'aime plus comme on aimoit jadis.

ENVOI.

FILS de Vénus, ſonge à tes intérêts;
Je vois changer l'encens en camouflets.
Tout eſt perdu, ſi ce train continue.
Ramene-nous le ſiecle d'Amadis:
Il t'eſt honteux qu'en Cour d'attraits pourvue,
Où politeſſe au comble eſt parvenue,
On n'aime plus comme on aimoit jadis.

Mad. DESHOULIERES.

A des Dames qui ne m'aiment pas.

EH! Meſdames, à vos attraits
La premiere je rends hommage.
Moi j'y crois; en voici le gage:
Je vais ébaucher vos portraits.
Sveltes, Dieu ſait, ſûres de plaire;
Faites, comme on l'eſt à Cythere,
Des pieds charmans, & puis la main,
Un ton, un air preſqu'enfantin,
De la vertu comme Lucrece,
De la ſcience autant qu'en Grece,
Et cette naïve candeur
Qui trouve la route du cœur:
Vous avez tous les avantages;

Et quand j'obtiens quelques suffrages,
Vîte, l'amour-propre est aux champs.
Calmez-vous, remettez vos sens:
Dans vos goûts bruyans & volages,
Ameutez un peuple d'amans;
Je n'aspire point aux hommages,
Je me borne aux seuls sentimens.

*Mad. la Comtesse de B****.*

BOUQUET
*A Madame***.*

MILLE amans aujourd'hui célebrent votre fête.
Que deviendront mes soins au milieu des Amours?
Je les vois empressés à parer votre tête
De guirlandes de fleurs qui dureront toujours.
Que le ciel ne m'a-t-il fait naître
D'un sexe à vous offrir mes vœux?
Tous ces rivaux pour moi seroient moins dangereux:
De vous, charmante Iris, j'eusse été, sans *peut-être*,
L'amant le plus fidele & le plus amoureux.

Mlle. DESHOULIERES.

VERS.

SI Tircis alloit deviner
Combien il m'intéresse,
Je ne pourrois me pardonner
L'excès de ma foiblesse.
Hélas! contraignez-vous, mes yeux,
Vous avez l'air trop tendre.
Mon cœur, taisez bien tous mes feux;
Un soupir peut s'entendre.

Mad. DE C***.

BOUQUET.

VOLEZ, tendres zéphirs, que votre douce haleine
Au milieu de l'été ramene le printems.
Faites éclorre dans nos champs
Des fleurs dignes de ma Climene.
Quoi! vous ne voulez pas répondre à mes desirs!
Eh! bien, à vos refus, il faut que mes soupirs
Se plaignent tendrement des maux qu'elle me cause;
Et puisque cette ingrate a refusé mon cœur;

Je veux, par le secours d'une métamorphose,
Que, pour mieux la tromper, il se transforme
en fleur.

Mlle. BERNARD.

SUR ce que M. le Duc de BOURGOGNE se plaignoit qu'on l'eût comparé à l'Amour.

PRINCE, consolez-vous d'être un petit
Amour.
Imitez bien Louis, vous serez Mars un jour.

Mlle. SCUDERI.

A un Homme qui auroit voulu être femme, & sur-tout jolie.

ON nous offre des vœux trompeurs,
L'abîme est sous notre passage;
Hélas! il est couvert de fleurs,
Et la foudre est dans le nuage.
L'éclat décide un séducteur:
Par lui la plus belle est choisie.
Malheureux, il vous calomnie:
Il est ingrat, s'il est vainqueur.

*Mad. la Comtesse de B***.*

A M. le Comte de Buſſy, le jour de ſa Fête.

BUSSY, toi pour qui je reſpire,
Quel don te faire ? Je n'ai rien.
De mon cœur en t'offrant l'empire,
C'eſt me faire honneur de ton bien.

Mad. DE BUSSI.

*A M. le Maréchal de***.*

VOUS valez Céſar à la guerre,
Et vous ſurpaſſez Annibal.
Vous ſavez vaincre, ainſi que plaire,
Je le ſens bien, je le dis mal,
Et cela ne m'importe guere.
Apprend-on à rimer au bal.
Pardonnez mon inſuffiſance ;
Chacun en ce bon univers,
A ſon défaut par excellence.
Je ſuis novice en l'art de vers,
Tout comme vous pour la conſtance.

*Mad. la Comteſſe de B***.*

MADRIGAL.

Près d'un amant heureux c'est en vain qu'on
espere
Renfermer de son cœur le trouble dangereux.
A travers l'air le plus sévere
Brille je ne sais quoi d'animé, d'amoureux ;
Dont, quelqu'effort qu'on puisse faire,
Rien n'échappe aux regards de l'amant mal-
heureux.

Mad. DESHOULIERES.

A Mignonne, ma petite chienne.

Que je vous aime, ma mignonne !
Je vous chéris plus que tous vos rivaux.
Et si mon amour déraisonne,
Ah ! du moins cet amour est exempt de tous
maux :
Le plaisir croît, dit-on, d'un peu d'inquié-
tude.
Eh bien ! .... quand vous avez peu mangé,
mal dormi,
J'ai sur vous la sollicitude
Que j'aurois pour un bon ami.
Vous êtes le mien, ma mignonne ;
Vous marchez toujours sur mes pas.
Hors vous, je ne connois personne,

Qui me ſuive ſans ceſſe, & ne m'excède pas,
Si les amoureuſes tendreſſes
Amenent la ſatiété,
Vous multipliez vos careſſes,
Sans inſpirer l'ennui de l'uniformité.
Votre courroux lui-même m'eſt utile :
Un propos trop léger, un diſcours trop flatteur
D'un agréable de la Ville,
A-t-il bleſſé mon oreille ou mon cœur,
J'ai recours à vous, ma mignonne,
Je vous agace, & vous grondez.
Quoique vous ſoyez douce & bonne,
Vous lui montrez les dents, c'eſt vous qui répondez.

Mad. DE BUSSI.

MADRIGAL

Sur la Fauvette de Mlle. SCUDÉRI.

VOICI quel eſt mon compliment
Pour la plus belle des fauvettes,
Quand elle revient où vous êtes :
Ah ! m'écriai-je alors avec étonnement :
N'en déplaiſe à mon oncle, * elle a du jugement.

Mlle. DESCARTES.

* *Réné Deſcartes.*

A Madame la DAUPHINE, après la prise de Philisbourg.

IL revient ce vainqueur, belle & sage Princesse,
Ses lauriers sont à vous, & toute sa tendresse.
Le Ciel en cet heureux retour,
Accorde toutes vos demandes.
Dites-nous seulement quelles sont les plus grandes,
Des douceurs de la gloire, ou celles de l'amour ?

Mlle. SCUDERI.

*Sur M. l'Abbé T***.*

L'AVENTURE est trop ridicule,
Pour ne la pas faire savoir.
Il offroit à Dame incrédule
Sa chandelle, & la faisoit voir.
Sans s'émouvoir, sans s'émouvoir,
La follette tira sa mule,
Et la fit servir d'éteignoir.
Au lieu de venger cette injure,
Les Amours à malice enclins,
Rioient entr'eux de l'aventure
Du Doyen des Abbés blondins.

Ces Dieux badins, ces Dieux badins
Se disoient : Vois-tu la coëffure
Qu'on a mise au Dieu des jardins.

Mad. DESHOULIERES.

A l'Amour.

VENEZ, Amour, venez embellir la nature :
Tout languit où vous n'êtes pas.
Les fleurs, la naissante verdure,
Le chant des rossignols, des eaux le doux murmure,
N'ont, sans vous, pour les cœurs que de foibles appas.
Venez, Amour, venez embellir la nature :
Tout languit où vous n'êtes pas.

Mlle. DESHOULIERES.

ROMANCE.

LA bonne foi fut ma chimere :
N'ai-je donc chéri qu'une erreur ?
O Dieux ! laissez-moi mon bonheur.
Je ne veux point qu'on m'éclaire.
S'il faut que l'amour soit trompeur,
Que l'amitié soit un mensonge ;

Faites encor durer le ſonge,
Et laiſſez la nuit dans mon cœur.

Que dis-je ? hélas ! Briſons des chaînes
Qui peuvent coûter des ſoupirs,
Et défendons-nous des plaiſirs
Quelquefois ſi voiſins des peines.
Mais pourquoi veux-je me ſauver
D'une erreur qui m'eſt auſſi chere ?
Rendors-toi, rendors-toi, Glycere ;
Pour être heureuſe, il faut rêver.

Mad. *la Comteſſe de B.****.

MADRIGAL.

En quel état me trouve-je réduite ?
Pour obéir aux loix de mon devoir,
Je fuis Tircis, mais à quoi ſert ma fuite,
Qu'à m'ôter ſeulement le plaiſir de le voir ?
Que me ſert-il de ne le pas entendre ?
Je devine tous ſes diſcours,
Et mon cœur me redit mille fois tous les jours,
Ce qu'une fois il m'auroit dit de tendre.
Je m'imagine à tous momens
L'entendre m'exprimer ſes plus doux ſentimens ;

Et

Et peut-être, hélas ! qu'à ma honte,
Quand de ſon entretien j'évite les appas,
Je m'engage à lui tenir compte
De cent mille douceurs qu'il ne me diroit pas.

*Mad. la Ducheſſe de L***.*

VERS
Sur les Lettres à Babet de Bourſault.

BABET, qui que tu ſois, que tes lettres ſont belles !
Que pour toucher les cœurs elles ont de pouvoir !
Ce ſont des beautés naturelles
Qu'on ne ſe laſſe point de voir.
Quand Tircis inſenſible aux accens de ma lyre,
Pour ne pas m'écouter, portoit ailleurs ſes pas,
Que ne te connoiſſois-je ? hélas!
Tu m'aurois appris à lui dire
Ce que je ne lui diſois pas.

Mad. la Comteſſe DE LA SUZE.

---

*A M. le Maréchal de ***.*

MON ſexe eſt amant de la gloire ;
Il vous l'a prouvé fort ſouvent,

Et vous le tairiez vainement :
Vous feriez trahi par l'hiftoire.

*Mad. la Comteſſe de B***.*

Il eſt peu de véritables Amans.

OU peut-on trouver des amans
Qui nous ſoient à jamais fideles ?
Je n'en ſais que dans les romans,
Ou dans les nids des tourterelles.

Mad. de B. B.

Déclaration d'amour.

ON n'a qu'à me trouver quelque berger fidele,
Soumis, délicat, amoureux,
Qui, de peur d'aimer moins, refuſe d'être heureux,
Je ne ſerai point cruelle.

Mad. DESHOULIERES.

---

*A M. le Comte***, partant pour l'Angleterre, qui avoit demandé des vers à l'Auteur.*

L'ART de rimer, celui de plaire,
Non, je n'ai rien de tout cela ;

Mais je prise un ami sincere ;
J'en jure par mon falbala :
Il vaut mieux jurer que se taire.

※

Adieu, Comte, bonne santé,
Et voyage bien écourté.
Si vous allez en Angleterre,
Rapportez-nous de la raison,
Sans l'armer d'un dehors sévere ;
Par l'ombre de frisure en rond :
Vous tous d'humeur toujours légere ;
Par fois pourtant il faut penser ;
Soyez Anglois pour nous fixer,
Et restez François pour nous plaire.

Mad. la Comtesse de B....

MADRIGAL.

ALCIDON contre sa bergere
Gagea trois baisers que son chien
Trouveroit plutôt que le sien,
Un flageolet caché sous la fougere.
La bergere perdit ; & pour ne point payer,
Elle voulut tout employer.
Mais contre un tendre amant c'est en vain qu'on s'obstine ;
Si des baisers gagnés par Alcidon,

Le premier fut pure rapine,
Les deux autres furent un don.

Mad. DESHOULIERES.

DÉCLARATION D'AMOUR *en forme de Nouvelle.*

JE vous dirai, belle Iris, pour nouvelle,
Que mon cœur vous trouve si belle,
Qu'il est contraint de céder à vos coups.
De cette nouveauté ne soyez point surprise;
Elle n'est plus nouvelle que pour vous,
Et depuis près d'un mois, vos yeux me l'ont apprise.

Mad. DE VILLEDIEU.

MADRIGAL.

QUAND le sage Damon dit que d'un trait mortel
L'amour blesse les cœurs, sans qu'ils osent se plaindre,
Que c'est un Dieu traître & cruel,
L'amour pour moi n'est point à craindre.
Mais quand le jeune Athis vient me dire à son tour:
Ce Dieu n'est qu'un enfant, doux, caressant, aimable,

Plus beau mille fois que le jour,
Que je le trouve redoutable !

Mlle. BERNARD.

Plainte à l'Amour.

TYRAN dont tout se plaint, tyran que tout adore,
Amour, impitoyable amour,
Donne quelque relâche au mal qui me dévore
Et la nuit & le jour.
Fais, pour me soulager, que mon aimable Alcandre
Devienne un peu plus tendre.
Va porter dans son sein cette bouillante ardeur,
Ces violens transports, cette langueur extrême,
Dont tu remplis mon triste cœur,
Depuis l'heureux moment qu'il aime.
Ne crains pas que tes soins soient mal récompensés.
Mon Alcandre connoît ta puissance suprême ;
Il aime, mais hélas ! il n'aime pas assez.

Mad. DESHOULIERES.

Sur un Portrait gravé par Nanteuil.

Nanteuil, en faisant mon image,
A de son art divin signalé le pouvoir.
Je hais mes yeux dans mon miroir;
Je les aime dans son ouvrage.

Mlle. Scuderi.

RONDEAU.

Contre l'amour voulez-vous vous défendre?
Empêchez-vous & de voir & d'entendre
Gens dont le cœur s'explique avec esprit :
Il en est peu de ce genre maudit;
Mais trop encor pour mettre un cœur en cendre.

*

Quand une fois il leur plaît de nous rendre
D'amoureux soins, qu'ils prennent un air tendre!
On lit en vain tout ce qu'Ovide écrit
Contre l'amour.

*

De la raiſon il ne faut rien attendre :
Trop de malheurs n'ont ſu que trop apprendre
Qu'elle n'eſt rien, dès que le cœur agit.
La ſeule fuite, Iris, nous garantit.
C'eſt le parti le plus utile à prendre
Contre l'amour.

Mad. DESHOULIERES.

VERS.

QUAND on voit deux amans d'eſprit aſſez vulgaire,
Trouver dans leurs diſcours de quoi ſe ſatis-faire,
Et ſe parler inceſſamment,
Les beaux-eſprits de langue bien diſante,
Diſent avec étonnement :
Que peut dire cette innocente,
Et que répond ce ſot amant ?
Taiſez-vous, beaux-eſprits, votre erreur eſt extrême ;
Ils ſe diſent cent fois tour-à-tour : Je vous aime.
En amour, c'eſt parler aſſez élégamment.

Mad. DE VILLEDIEU.

---

*A Madame la Duchesse de C***.*

PRÈS de notre Dauphine ainsi vous allez vivre,
Sous le nom de Dame d'Atour.
Elle est belle comme l'Amour,
Et les Grâces doivent la suivre.

Mad. BOURETTE.

---

*A Monsieur de***.*

VOS discours légers & frivoles
N'annoncent point une sincere ardeur ;
Tircis, une douce langueur,
Des soupirs, & non des paroles,
Voilà le langage du cœur.
Eprouvez-vous ce trouble extrême,
Cet embarras délicieux,
Qu'on a près de l'objet qu'on aime !
Ah ! s'il étoit peint dans vos yeux,
Plus séduisant que l'amour même,
Vous seriez aussi dangereux.

MADRIGAL

MADRIGAL.

TIRCIS voudroit cacher le beau feu qui l'enflâme ;
Ses yeux & ses soupirs, tout trahit son secret :
Quand l'amour regne dans une âme,
L'amour, le tendre amour est toujours indiscret.

Mlle. DESHOULIERES.

BALLADE.

VOTRE bonne foi m'épouvante ;
Vous croyez trop légérement.
Si l'on aimoit fidélement,
Serois-je encor indifférente ?
Etre la dupe des douceurs
D'une troupe vaine & galante,
Est le destin des jeunes cœurs.
De cette conduite imprudente
Il n'est cœur qui ne se repente.
Tous les hommes sont des trompeurs.

*

Jeune, belle, douce, brillante ;
Le cœur tendre, l'esprit charmant,
Des malheurs de l'engagement

Ne prétendez pas être exempte.
Affectons-nous quelques rigueurs:
On se rebute dans l'attente
Des plus précieuses faveurs.
La tendresse est-elle contente :
On entend dire à chaque amante :
Tous les hommes sont des trompeurs.

*

Vous croyez que la crainte invente
Les dangers qu'on court en aimant ;
S'il plaît à l'amour, quelqu'amant
Un jour vous rendra plus savante :
Vers les dangereuses langueurs
Vous avez une douce pente.
Vous soupirez pour des malheurs
Dont vous paroissez ignorante.
Vous mériterez qu'on vous chante :
Tous les hommes sont des trompeurs.

ENVOI.

Si, pour vous épargner des pleurs,
La raison n'est pas suffisante,
Regardez ce que représente
Le serpent caché sous les fleurs.
Il vous dit : Tremblez, Amarante,
Tous les hommes sont des trompeurs.

Mad. DESHOULIERES.

Réponse à une Déclaration d'amour en vers.

En vers il faut répondre aux vôtres,
Car en prose il faudroit gronder :
Au fol amour m'inviter de céder,
Vous-même, en pareil cas, vous blâmeriez les autres.

Pourquoi ce langage si doux
Qui ne duit point à mon oreille ?
Une autre seroit en courroux,
Moi doucement je vous conseille ;
Et puis d'ailleurs rompre avec vous,
Je l'avouerai, seroit dommage.
Il vaut bien mieux, loin des amours,
Que l'amitié file nos jours.
Nous y gagnerons davantage :
Amant, je vous verrois volage,
Ami, vous m'aimerez toujours.

Mad. DE BUSSI.

A la Folie.

CHARME des mortels & des Dieux,
Folie, aimable enchanteresse,
Tu sais même embellir les jeux ;

Le plaisir naît de ton ivresse;
Je me donne à toi pour toujours;
Je te préfere à la tendresse.
Répands la gaieté sur mes jours,
Et j'aurai plus que la sagesse.
C'est en attendant ton retour,
Que les pauvres amans sommeillent.
La raison seule endort l'amour;
Ce sont tes grelots qui l'éveillent.

*M. d. l. C mtesse de B***.*

A Madame la Comtesse D'ARTOIS, *le jour de son Mariage.*

O PRINCESSE tant desirée,
Vous êtes enfin parmi nous!
Vous voyez cette Cour, où, toujours adorée,
Vous rendrez de l'hymen tous les amours jaloux.
Dans les transports de son ivresse,
Le peuple est le rival des Grands;
Et dans ce jour, la plus douce allégresse
Confond & les vœux & les rangs.
Digne choix de notre Monarque,
Vous fûtes à l'instant celui de tous les cœurs,
Et le fil de vos jours, dans les mains de la Parque,
Devient une chaîne de fleurs.

Rien ne peut altérer votre bonheur suprême :
Fille de notre Roi, tout nous dit aujourd'hui,
Qu'avant que de vous voir, on vous aimoit pour lui ;
Qu'en vous voyant, c'est pour vous-même.

Mad. DE M***.

RONDEAU.

ENTRE deux draps de toile belle & bonne,
Que très-souvent on rechange, on savonne,
La jeune Iris, au cœur sincere & haut,
Aux yeux brillans, à l'esprit sans défaut,
Jusqu'à midi volontiers se mitonne.

*

Je ne combats de goût contre personne,
Mais franchement sa paresse m'étonne :
C'est demeurer seule plus qu'il ne faut
Entre deux draps.

Quand à rêver ainsi l'on s'abandonne,
Le traître amour rarement le pardonne ;
A soupirer on s'exerce bientôt,
Et la vertu soutient un grand assaut,
Quand une fille avec son cœur raisonne
Entre deux draps.

Mad. DESHOULIERES.

Portrait des François.

Tous vos goûts sont inconséquens,
Un rien change vos caracteres,
Un rien commande à vos penchans.
Vous prenez pour des feux ardens
Les bluettes les plus légeres.
La nouveauté, son fol attrait,
Vous enflâme jusqu'au délire.
Un rien suffit pour vous séduire,
Et l'enfance est votre portrait.
Qui vous amuse, vous maîtrise.
Vous fait-on rire : on a tout fait,
Et vous n'aimez que par surprise.
Vous n'avez tous qu'un seul jargon
Bien frivole, bien incommode :
Si la raison étoit de mode,
Vous auriez tous de la raison.

*Mad. la Comtesse de B***.*

ROMANCE.

La Fauvette.

Cœurs sensibles, cœurs fideles,
Qui blâmez l'amour léger,
Cessez vos plaintes cruelles,

Eſt-ce un crime de changer ?
Si l'amour porte des aîles,
N'eſt-ce pas pour voltiger ?

*

Le papillon de la roſe
Reçoit le premier ſoupir ;
Le ſoir un peu plus écloſe,
Elle écoute le zéphir.
Jouir de la même choſe,
C'eſt enfin ne plus jouir.

*

Apprenez de ma Fauvette,
Qu'on ſe doit au changement.
Par ennui d'être ſeulette,
Un Moineau fut ſon amant.
C'eſt sûrement être adroite,
Et ſe pourvoir joliment.

*

Mais Moineau ſera-t-il ſage ?
Voilà Fauvette en ſouci.
S'il changeoit, Dieux, quel dommage !
Mais Moineaux aiment ainſi :
Puiſqu'Hercule fut volage,
Moineaux peuvent l'être auſſi.

*

Vous croiriez que la pauvrette
En regrets ſe conſuma :

Au village une fillette
Auroit ces foibleſſes-là.
Mais le même jour Fauvette,
Avec Pinçon s'arrangea.

*

Quelqu'un blâmera peut-être
Le nouveau choix qu'elle fit.
Un jaſeur, un petit-maître.....
C'eſt pour cela qu'on le prit.
Quand on ſe venge d'un traître,
Peut-on faire trop de bruit?

Le Moineau, dit-on, fit rage.
C'eſt-là le train d'un amant.
Aimez bien, il ſe dégage;
N'aimez pas, il eſt conſtant.
L'imiter, c'eſt être ſage.
Aimons & changeons ſouvent.

*Mad. la Marquiſe D***.*

A Mlle. de la Riviere, qui prioit l'Auteur de finir un Rondeau qu'il feignoit ne pouvoir achever, & dont le mot étoit: Au nom d'amour.

RONDEAU.

AU nom d'amour tout devenoit facile ;
Il ne falloit qu'aimer pour être habile.
Dans l'heureux tems où l'on savoit aimer,
Un cœur galant se pouvoit exprimer,
Sans le secours d'Horace ou de Virgile.

※

Le vôtre est tel, il en fait plus que mille,
Et la raison, ce beau meuble inutile,
Ne sert souvent qu'à nous mieux enflammer
Au nom d'amour.

※

Ah! pourquoi donc, chez moi, fille tranquille,
Venir chercher une veine fertile?
Pourquoi vouloir me faire présumer
Qu'au nom d'amour vous ne sauriez rimer?
Mieux le ferez qu'Ovide & Théophile
Au nom d'amour.

Mlle. DESHOULIERES.

CALENDRIER DE PAPHOS.

SECONDE PARTIE.

HYMNE
A la Beauté.

Tout rend hommage à la beauté.
Pour éclairer ses traits, le jour se renouvelle ;
Pour la chanter s'éveille Philomele :
Le ruisseau qui fuyoit, devant elle arrêté,
Trace son image fidelle.
Des pavots du sommeil la douce volupté
Rend de son teint la fraîcheur éternelle.
L'ordre de l'univers semble établi pour elle.

BERNARD.

VERS
*A Madame la Marquise de P***.*

On avoit dit que l'enfant de Cythere
Près du Lignon avoit perdu le jour ;

Mais je l'ai vu dans le bois solitaire,
Où va rêver la jeune P.....
Il étoit seul: le flambeau qui l'éclaire,
Ne brilloit plus; mais les prés d'alentour,
L'onde, les bois, tout annonçoit l'amour.
Ce n'étoit point ce séducteur perfide,
Ce Dieu cruel encensé par Ovide,
Dont le caprice enfante les desirs,
Qui s'affoiblit & meurt dans les plaisirs;
Mais cet enfant que l'innocence guide,
Qui, sûr de plaire, est modeste & timide;
Toujours vainqueur, & toujours désarmé;
Toujours aimable, il est toujours aimé.
Tel on le vit sous le bon Roi Saturne,
Tel dans ces lieux nous l'adorons encor.
Tendre & rêveur, sans être taciturne,
Il fait aimer les mœurs du siecle d'or.

L. C. D. B.

INSCRIPTION,

Pour mettre au bas du Portrait de l'Amour.

QUI que tu sois, voici ton maître;
Il l'est, le fut, ou le doit être.

VOLTAIRE.

BOUQUET

*A Madame la Duchesse de B***.*

L'AMOUR, se dérobant aux charmes du sommeil,
Et plus diligent que l'aurore,
Arriva si matin dans les jardins de Flore,
Qu'il la surprit à son réveil.
La jeune Déesse en alarmes,
De voir l'enfant malin que redoutent les Dieux,
Baisse modestement les yeux,
Et cache avec les mains la moitié de ses charmes
A cet immortel curieux.
Qui vous amene dans ces lieux?
Lui dit-elle en tremblant. Ne craignez point mes armes,
Répond l'Amour avec un doux souris,
Rassurez-vous, reprenez vos esprits,
Je ne veux point troubler le bonheur de B....
Et si je viens dans votre empire,
C'est pour vous demander quelques fleurs pour Iris.
On célebre aujourd'hui sa fête;
Et d'une guirlande de fleurs
Peinte des plus vives couleurs,
C'est à vous, belle Flore, à couronner sa tête.

Si vous répondez promptement ;
Déesse, à mon empressement,
Qu'a vos vœux je serai propice !
J'en jure par Vénus, en ce jour votre amant
M'acquittera d'un tel service
Par plus d'un tendre sentiment.
La Déesse rougit : une douce espérance
Lui rend le teint plus éclatant.
Amour, je vais répondre à votre impatience,
Et vous allez être content.
Elle dit, & vôle à l'instant.
Elle cueille des fleurs qui ne font que d'éclore,
Que d'un de ses regards elle embellit encore.
L'Amour les reçoit de ses mains,
Et ce vainqueur des Dieux & des humains
Me charge, Iris, de vous les rendre.
Pour remplir un pareil emploi,
L'Amour a cru qu'il devoit prendre
De ses esclaves le plus tendre.
Pouvoit-il mieux choisir que moi ?

CHAULIEU.

MADRIGAL.

Les maux d'amour sont sans remede ;
Ses biens ne sont que décevoir ;

On ſouffre tout pour les avoir ;
On craint tout, lorſqu'on les poſſede.

M. LA SABLIERE.

ODE DE SAPHO.

HEUREUX qui près de toi, pour toi ſeule ſoupire ;
Qui jouit du plaiſir de t'entendre parler,
Qui te voit quelquefois doucement lui ſourire :
Les Dieux dans ſon bonheur peuvent-ils l'égaler ?

Je ſens de veine en veine une ſubtile flâme
Courir par tout mon corps, ſitôt que je te vois ;
Et dans les doux tranſports où s'égare mon âme,
Je ne ſaurois trouver de langue ni de voix.

Un nuage confus ſe répand ſur ma vue ;
Je n'entends plus, je tombe en de douces langueurs ;
Et pâle, ſans haleine, interdite, éperdue,
Un friſſon me ſaiſit, je tombe, je me meurs.

BOILEAU.

MADRIGAL.

LE Dieu d'Amour a déſerté Cythere,
Et dans mon cœur le transfuge s'eſt mis;
De par Venus, trois baiſers ſont promis
A qui rendra ſon fils à ſa colere.
Le livrerai-je? En ferai-je myſtere?
Vénus m'attend, ſes baiſers ſont bien doux,
O vous, Daphné, qu'il prendroit pour ſa
 mere,
Au même prix, dites, le voulez-vous?

BERNARD.

SONNET
Sur la belle Matineuſe.

LE ſilence régnoit ſur la terre & ſur l'onde;
L'air devenoit ſerein, & l'Olympe vermeil,
Et l'amoureux Zéphire, affranchi du ſommeil,
Reſſuſcitoit les fleurs d'une haleine féconde.

L'Aurore déployoit l'or de ſa treſſe blonde,
Et ſemoit de rubis le chemin du Soleil.
Enfin ce Dieu venoit au plus grand appareil
Qu'il ſoit jamais venu, pour éclairer le monde.

Quand la jeune Philis, au viſage riant,
Sortant de ſon Palais plus clair que l'Orient,

Fit

Fit voir une lumiere & plus vive & plus belle.

Sacré flambeau du jour, n'en ſoyez point jaloux ;
Vous parûtes alors auſſi peu devant elle,
Que les feux de la nuit avoient fait devant vous.

MALLEVILLE.

QU'EST-CE qu'amour ?
C'eſt un enfant, mon maître,
Et qui l'eſt, belle Iris, du Berger & du Roi.
Il eſt fait comme vous, il penſe comme moi ;
Mais il eſt plus hardi peut être.

L. C. D. B.

A Madame la Marquiſe de BOUFFLERS, *en lui envoyant la* Henriade & Charles XII.

DEUX Héros différens, l'un ſuperbe & ſauvage,
L'autre toujours aimable & toujours amoureux,
A l'immortalité prétendent tous les deux :
Mais, pour être immortel, il faut votre ſuffrage.

Ah ! si sous tous les deux vous eussiez vu le
jour,
Plus justement leur gloire eût été célébrée ;
Henri quatre pour vous auroit quitté d'Estrée,
Et Charles douze auroit connu l'amour.

VOLTAIRE.

IMPROMPTU

A une Dame déguisée en Turc à un Bal.

SOUS cette barbe qui vous cache,
Beau Turc, vous me rendez jaloux :
Si vous ôtiez votre moustache,
Roxane le seroit de vous.

VOLTAIRE.

Méprise de l'Amour.

AMOUR trouva celle qui m'est amere,
Et j'y étois ; & j'en sais bien mieux le conte.
Bon jour, dit-il, bon jour, Vénus ma mere ;
Puis tout-à-coup il voit qu'il se mécompte,
Dont la couleur au visage lui monte ;
D'avoir failli honteux, Dieu sait combien.
Non, non, Amour, ce dis-je, n'ayez honte ;
Plus clairvoyans que vous s'y trompent bien.

CLÉMENT MAROT.

MADRIGAL.

LA maîtresse du cabaret
Se devine, sans qu'on la peigne.
Le Dieu d'amour est son portrait;
La jeune Hébé lui sert d'enseigne.
Bacchus assis sur un tonneau
La prend pour la fille de l'onde :
Même en ne versant que de l'eau,
Elle a l'art d'enivrer son monde.

L. C. D. B.

VERS.

BIEN m'y connois, & ne suis des plus bêtes;
Très-peu s'en faut que ne soyez l'amour;
Même croirois sûrement que vous l'êtes.
Gentil corsage & minois fait au tour,
Friand souris, tout comme en a le traître,
En vous se voit; mais aussi ses défauts
Les avez tous. Perfide badinage,
Malice noire, & qui pourtant engage,
Qui l'eut jamais ? C'est l'enfant de Paphos.
O vous, Climene, or sus, sans vous déplaire,
Je vous dirai, pour votre amandement,

Qu'à tout cela réforme est nécessaire,
Réforme grande. Ecoutez donc comment,
Et profitez du sermon salutaire :
Jà de l'amour vous avez les appas ;
Gardez-les bien : tel meuble est nécessaire :
Mais sa malice est un fort vilain cas :
Mieux vous vaudroit, pour finir nos ébats,
Cette bonté qu'a Madame sa mere.

Le Marquis DE LA FARE.

QUATRAIN
Pour le Portrait de la Reine.

LE Ciel mit dans ses traits cet éclat qu'on admire ;
France, il la couronna pour ta félicité.
Un sceptre est inutile avec tant de beauté ;
Mais à tant de vertus il falloit un empire.

M. DE LA HARPE.

---

*A Madame la Comtesse de B***.*

A QUOI peut-on servir sur la fin de sa vie ?
Ah ! croyez-moi, choisissez mieux.
Sans doute un vieil aveugle ennuie ;
C'est un aveugle enfant qu'il faut à vos beaux yeux.

VOLTAIRE.

*A Madame B*** , en lui envoyant un lacet.*

JE reviens du Serrail, adorable Daphné,
Et filou téméraire, ou galant fortuné,
Que ce ſoit adreſſe ou mérite,
J'en ai rapporté ce lacet,
Qui fit l'ornement du corſet
De la Sultane favorite.
Il ſe vante d'avoir paré
Le plus beau corſage du monde.
Qu'il vous ſerve, & je l'avouerai,
Sa premiere gloire, à mon gré,
Ne vaudra jamais la ſeconde.

M. PIRON.

Réponſe impromptu à cette Queſtion : Que faut-il pour être heureux ?

POUR être heureux, que faut-il ? De la vie
Faire deux parts ; une moitié
Eſt pour l'amour, l'autre pour l'amitié,
Et toutes deux je les donne à Sylvie.

M. *l'Abbé* DE LILLE.

QUINZE ANS.

ODE ANACRÉONTIQUE.

QUINZE ans.... Thémire, ah, le bel âge!
Des doux plaisirs c'eſt la ſaiſon;
De tes quinze ans fais bon uſage,
A quinze ans l'amour fait moiſſon.
Avant quinze ans une bergere
Eſt du nombre encor des enfans.
Il faut avoir quinze ans pour plaire:
On n'eſt point belle avant quinze ans.

*

A quinze ans finit la culture,
Le bouton alors devient fleur.
C'eſt à quinze ans que la nature
Parle à nos ſens, nous donne un cœur.
A cinq ans on verſe des larmes:
A dix ſont les jeux innocens:
A douze les tendres alarmes:
Mais pour aimer il faut quinze ans.

MARÉCHAL.

VERS

A Mad. la Marquiſe du CHASTELET, *ſur ſa liaiſon avec M. Maupertuis.*

AINSI donc cent beautés nouvelles
Vont fixer vos brillans eſprits !
Vous renoncez aux étincelles,
Aux feux-follets de mes Ecrits,
Pour des lumieres immortelles ;
Et le ſublime Maupertuis
Vient éclipſer mes bagatelles !
Je n'en ſuis fâché ni ſurpris :
Un eſprit vrai doit être épris
Pour des vérités éternelles.
Mais ces vérités, que ſont-elles ?
Quel eſt leur uſage & leur prix ?
Du vrai Savant que je chéris,
La raiſon ferme & lumineuſe
Vous montrera les cieux écrits,
Et d'une main audacieuſe
Vous dévoilera les replis
De la nature ténébreuſe.
Mais ſans le ſecret d'être heureuſe,
Il ne vous aura rien appris.

VOLTAIRE.

Sur le Portrait de Mad. la Comtesse de FIESQUE.

DANS ce divin portrait, où brillent tant d'attraits,
Vénus reconnoissant & son air & ses traits,
Se figura d'abord en être le modele :
Le regardant mieux toutefois,
Pourquoi tant de graces, dit-elle?
Car jamais avec moi je n'en vis plus de trois.

SEGRAIS.

*A Madame de***.*

TOUT est égal, & la nature sage
Veut au niveau ranger tous les humains.
Esprit, raison, beaux yeux, charmant visage,
Fleurs de santé, doux loisirs, jours sereins,
Vous avez tout, c'est-là votre partage.
Moi je parois un être infortuné,
De la nature enfant abandonné,
Et n'avoir rien semble mon apanage :
Mais vous m'aimez, les Dieux m'ont tout donné.

VOLTAIRE.

A Mademoiſelle de Peliſſary.

Je m'en doutois bien, jeune Iris,
Vous faites du fracas par-tout où l'on vous mène ;
Et je ne ſuis pas fort ſurpris,
Que ce qu'on admire à Paris,
Ait charmé toute la Touraine.

*

On voit dans votre air des appas,
Que les Graces jadis prirent pour leur partage.
Si la pudeur oſoit ſe montrer ici-bas,
Elle prendroit votre viſage.

*

Vous avez de l'eſprit & n'avez que quinze ans,
Vous danſez à ravir le cœur le plus rebelle ;
Iris, avec tant de talens,
Vous auriez fort bien pu vous paſſer d'être belle.

*

Cultivez avec ſoin des dons ſi précieux :
Faites qu'on vous reſpecte & chériſſe en tous lieux ;
Ayez de la vertu, ſans être trop ſévere,

Ecrivez poliment, brillez dans l'entretien;
Ne paroiſſez jamais ſans plaire;
Enfin, Iris, faites ſi bien
Qu'on vous prenne pour votre mere.

PAVILLON.

IMPROMPTU.

A Madame la Ducheſſe DU MAINE, *qui demandoit à l'Auteur ſon ſecret.*

LA Divinité qui s'amuſe
A me demander mon ſecret,
Si j'étois Apollon, ne ſeroit pas ma Muſe,
Elle ſeroit Thétis, & le jour finiroit.

Le Marquis de SAINT-AULAIRE.

MADRIGAL.

QUE tes loix, amour, ſont cruelles!
Malheureux ſont les cœurs que tu peux enflammer!
Plus malheureux encor ceux qui te ſont fideles!
Mais qui peut vivre ſans aimer?

SEGRAIS.

A Madame du BOCAGE.

D'APOLLON, de Vénus réuniſſant les
charmes,
Vous ſubjuguez l'eſprit, vous captivez le cœur;
Et Scudéri jalouſe en verſeroit des larmes.
Mais ſous un autre aſpect ſon talent eſt vainqueur :
Elle eut celui de faire oublier ſa laideur ;
Tout votre eſprit n'a pu faire oublier vos
charmes.

M. DE LA CONDAMINE.

A la même, à ſon départ pour l'Italie.

NOUVELLE Muſe, aimable Grace,
Allez au Capitole, allez, rapportez-nous
Les myrthes de Pétrarque, & les lauriers du
Taſſe.
Si tous deux revivoient, ils chanteroient pour
vous ;
Et voyant vos beaux yeux & votre Poéſie,
Tous deux mourroient à vos genoux,
Ou d'amour, ou de jalouſie.

VOLTAIRE.

MADRIGAL.

Vous juriez autrefois que cette onde rebelle
Se feroit vers sa source une route nouvelle,
Plutôt qu'on ne verroit votre cœur dégagé.
Voyez couler ses flots dans cette vaste plaine,
C'est le même penchant qui toujours les entraîne :
Leur cours ne change point, & vous avez changé.

QUINAUT.

*A Madame de***.*

Dans votre château si vanté,
Vous qu'on envie & qu'on adore,
Pour l'esprit & pour la beauté,
Je reviens donc jouir encore
Des douceurs de la liberté,
Du silence des bois & des parfums de Flore,
Du crépuscule & de l'aurore,
Des dons de la nature & de la vérité ;
Mais à tous ces dons je préfere
Vos charmes, vos talens, vos goûts.
Ovide, retenu par des liens si doux,
Dans son affreux désert eût cru vivre à Cythere.

Tous nos plaisirs enfin ne seroient rien sans
vous :
Les amours & les jeux vous prennent pour
leur mere ,
Et, le front couronné des fleurs d'Anacréon ,
De votre séjour viennent faire
Le véritable Panthéon
De tous les Dieux qui savent plaire.

DESMAHIS.

---

*A Madame la Princesse de***.*

SOUVENT un air de vérité
Se mêle au plus grossier mensonge.
Cette nuit dans l'erreur d'un songe ,
Au rang des Rois j'étois monté.
Je vous aimois alors , & j'osois vous le dire :
Les Dieux , à mon réveil, ne m'ont point
tout ôté ;
Je n'ai perdu que mon Empire.

VOLTAIRE.

LE RÉGIME.

STANCES.

SENTIR , aimer , jouir de sa maîtresse ,
La desirer après quelques instans ;

D'un doux repos la caresser sans cesse :
Le beau destin ! le bel emploi du temps !

*

On peut sans doute, avec plus de sagesse ;
En observant un régime ennuyeux,
Dormir en paix, se porter beaucoup mieux,
Et parvenir à l'extrême vieillesse.

*

En vérité, le bonheur d'exister,
D'être sans plus, vaut-il qu'on le desire ?
Les jours passés dans les bras de Thémire,
Sont de mes jours les seuls qu'il faut compter.

*

Uu seul moment que j'emploie auprès d'elle,
Vaut pour mon cœur mieux qu'une éternité.
En ménageant ma vie & ma santé,
En refusant.... Que Thémire est cruelle !

*

Dieux immortels, rendez-moi plus heureux
Dans mon amour. Que Thémire partage
Tous mes transports, tout l'excès de mes feux !
Faites, ô Dieux, qu'elle aime davantage !

*

Vons le savez ; voilà mes seuls desirs ;

Faites sur-tout qu'elle me soit fidelle,
A chaque instant faites-moi jouir d'elle,
Et puis mourir de l'excès des plaisirs.

M. DE SAINT-LAMBERT.

A Madame de la CONDAMINE, *le lendemain de ses noces.*

D'AURORE & de Tithon vous connoissez l'histoire :
Notre hymen en rappelle aujourd'hui la mémoire :
Mais de mon sort Tithon seroit jaloux.
Que ses liens sont différens des nôtres !
L'Aurore, entre ses bras vit vieillir son époux ;
Et je rajeunis dans les vôtres.

M. DE LA CONDAMINE.

VERS

A Madame la Duchesse de Boufflers.

D'OU vient que ce lieu champêtre
Ne nous plaît que foiblement ?
Il est vrai qu'il est charmant ;
Mais Boufflers y pourroit être.
Une troupe d'Amours à ses ordres soumise,

Dans ce bois l'autre jour se plaisoit à chanter :
Si vous la connoissez, voici votre devise :
Ou la voir, ou la regretter.

*

Quand parmi nous quelqu'un dans son langage
Fait éclater les graces de l'esprit,
Même en applaudissant, en secret, on se dit :
Boufflers a bien davantage.

*

Que sa présence est secourable !
Un essaim de plaisirs incessamment la suit.
Elle paroît : l'esprit en devient plus aimable,
Et le ridicule s'enfuit.

MONCRIF.

A Madame la Marquise de LASSAY.

JE vous trouve fort aimable ;
Mais je crains votre air mutin.
Pour un amant libertin,
Il faut maîtresse traitable.

*

Quand l'amour vous apprit à chanter tendrement,
Il voulut, dès ce moment,
Me soumettre à votre empire.

Je me souviens qu'autrefois
Ce fripon, pour me séduire,
Emprunta de Théone & la grace & la voix.

*

Mais si je cherche à vous plaire,
Quand, comment me payerez-vous ?
C'est-là le point entre nous
Qui réglera cette affaire.
L'amour me dit assez que vous êtes mon fait.
Ajoutez à cela, quelque prix qui m'engage.
Il n'est qu'un méchant valet
Qui veuille servir sans gages.

CHAULIEU.

L'ARITHMÉTIQUE.

LISE par fantaisie un jour
Voulut savoir l'arithmétique :
Rien n'est étranger à l'amour ;
De savoir tout l'amour se pique.

*

Il lui donna donc des leçons.
Lise dans peu fut très-habile,
C'étoit pour elle des chansons.
L'amour sait rendre tout facile.

*

Voici comment il s'y prenoit :

Il donnoit trois baiſers à Liſe,
Que Liſe auſſitôt lui rendoit,
En évitant toute mépriſe.

*

De ces baiſers donnés & pris
Chacun tenoit compte fidele :
L'amour, des calculs réunis
Offroit le total à la Belle.

*

S'applaudiſſant de ſes progrès,
A ſon Eleve, notre eſpiegle
Méditant de nouveaux ſuccès,
Démontra la ſeconde regle.

*

Il y paſſa légérement :
L'amour n'aime point à ſouſtraire.
La troiſieme plus amplement
Fut expliquée à l'Ecoliere.

*

Il voulut tant multiplier.....
Le calcul devint inutile :
La Belle trouva plus facile
De lui donner tout ſans compter.

M. MARÉCHAL.

*

A Madame la Comtesse de CAYLUS.

M'ABANDONNANT à la tristesse,
Sans espérances, sans desirs,
Je regrettois les sensibles plaisirs,
Dont la douceur enchanta ma jeunesse.
Sont-ils perdus, disois-je, sans retour ?
N'es-tu pas, cruel amour,
Toi que je vis, dès mon enfance,
Le maître de mes plus beaux jours,
D'en laisser terminer le cours
Par l'ennuyeuse indifférence ?
Alors j'apperçus dans les airs
L'Enfant, maitre de l'univers;
Qui plein d'une joie inhumaine,
Me dit en souriant : Tircis, ne te plains plus,
Je vais mettre fin à ta peine;
Je te promets un regard de Caylus.

Le Marquis DE LA FARE.

LES PETITS TROUS.

AINSI qu'Hébé, la jeune P....
A deux jolis trous sur la joue :
Deux trous charmans où le plaisir se
joue,

Qui furent faits par les mains de l'A-
mour.
L'Enfant aîlé, sous un rideau de gaze,
La vit dormir, & la prit pour Psyché,
Qu'elle étoit belle ! A l'instant il s'em-
brase ;
Sur ses appas il demeure attaché :
Plus il la voit, plus son délire aug-
mente,
Et pénétré d'une si douce erreur,
Il veut mourir sur sa bouche charmante:
Heureux encor de mourir son vainqueur!
Enchanté des roses nouvelles
D'un teint dont l'éclat l'éblouit ;
Il les touche du doigt, elles en sont plus
belles.
Chaque fleur sous sa main s'ouvre & s'épa-
nouit.
P.... se réveille, & l'Amour en soupire :
Il perd tout son bonheur, en perdant son dé-
lire.
L'empreinte de son doigt forma ce joli trou,
Séjour aimable de sourire,
Dont le plus sage seroit fou.

Le C. D. B.

L'AMOUR FOUETTÉ.

JUPITER, prête-moi ta foudre,
S'écria Lycoris un jour :
Donne que je réduise en poudre
Le Temple où j'ai connu l'Amour.

Alcide, que ne suis-je armée
De ta massue ou de tes traits,
Pour venger la terre alarmée,
Et punir un Dieu que je hais !

Médée, enseigne-moi l'usage
De tes plus noirs enchantemens :
Formons pour lui quelque breuvage
Egal au poison des amans.

Ah ! si dans ma fureur extrême,
Je tenois ce monstre odieux....
Me voici, lui dit l'Amour même,
Qui soudain parut à ses yeux.

Venge-toi, punis, si tu l'oses.
Interdite à ce prompt retour,
Elle prit un bouquet de roses,
Pour corriger le jeune Amour.

On dit même que la Bergere
Dans ſes bras n'oſoit le preſſer;
Et frappant d'une main légere,
Craignoit encor de le bleſſer.

BERNARD.

LES DEUX AMOURS,

*A Madame de***.*

CERTAIN Enfant, qu'avec crainte on careſſe,
Et qu'on connoît à ſon malin ſouris,
Court en tous lieux, précédé par les ris,
Mais trop ſouvent ſuivi de la triſteſſe.
Dans les cœurs des humains il entre avec ſoupleſſe,
Habite avec fierté, s'envole avec mépris.
Il eſt un autre amour, fils craintif de l'eſtime,
Soumis dans ſes chagrins, conſtant dans ſes deſirs,
Que la vertu ſoutient, que la candeur anime,
Qui réſiſte aux rigueurs, & croît par les plaiſirs.
De cet amour, le flambeau peut paroître
Moins éclatant, mais ſes feux ſont plus doux.

Voilà le Dieu que mon cœur veut pour maître,
Et je ne veux le servir que pour vous.

VOLTAIRE.

BILLET
*A Madame B***.*

Le Ciel en formant un cœur,
Ne le forme jamais sans penchant pour un autre.
C'est lui qui fit le mien, belle Iris, pour le vôtre.
Sentir à votre abord une douce langueur,
Vous voir avec plaisir, vous perdre avec douleur,
Sont des ordres secrets, qu'il veut que je vous aime.
Mais puisqu'il le veut ainsi,
Il est bien sûr que de même,
Il veut que vous m'aimiez aussi.
A des ordres si doux ne soyez point rebelle :
Suivons, en nous aimant, ce qu'ordonnent les Dieux.
S'ils vous font à mes yeux si charmante & si belle,
Qu'ils me firent malheureux,
Si vous devez m'être cruelle !

CHAULIEU.

ODE.

Dialogue d'Horace & de Lydie.

HORACE.

PLUS heureux qu'un Monarque au faîte des grandeurs,
J'ai vu mes jours dignes d'envie.
Tranquilles ils couloient au gré de nos ardeurs :
Vous m'aimiez, charmante Lydie.

LYDIE.

Que nos jours étoient beaux, quand des soins les plus doux
Vous payïez ma flamme sincere !
Vénus me regardoit avec des yeux jaloux :
Chloé n'avoit pas su vous plaire.

HORACE.

Par son luth, par sa voix organe des amours,
Chloé seule me paroît belle.
Si le destin jaloux veut épargner ses jours,
Je donnerai les miens pour elle.

LYDIE.

Le jeune Calaïs, plus beau que les Amours,
Plaît seul à mon ame ravie.

Si

Si le destin jaloux veut épargner ses jours,
Je donnerai deux fois ma vie.

HORACE.

Quoi ! si mes premiers feux ranimeint leur ardeur,
Etouffoient mon amour fatale ;
Si perdant pour jamais tous ses droits sur mon cœur,
Chloé vous laisse sans rivale....

LYDIE.

Calaïs est charmant : mais je n'aime que vous.
Ingrat, mon cœur vous justifie.
Heureuse également, en des liens si doux
De perdre ou de passer la vie.

*Le Duc de N***.*

Eloge de l'Amour.

L'AMOUR, dans la saison de plaire,
Est le premier besoin du cœur :
Sa flamme vive & passagere
L'épure mieux que la colere
D'une Duegne, d'un Précepteur.
L'amitié, toujours nécessaire,
Donne un feu plus foible en chaleur ;
Et qui perd la faveur du frere,
N'est consolé que par la sœur.

Voilà le ſeul itinéraire
De la ſageſſe, du bonheur.
Vainement un nouveau Stoïque,
Sur les bords du lac Helvétique,
Traite comme un brûlant poiſon
Tout penchant tendre & ſympathique,
Et nous ordonne la raiſon,
Comme il feroit un narcotique.
Réglez, dit-il, vos mouvemens;
De vous-même rendez-vous maître.
Et qui de nous peut jamais être
L'arbitre de ſes ſentimens?
Croit-il, un Epictete en main,
Avec un Traité de morale,
Analyſer le cœur humain,
Comme il fait une eau minérale?
Il veut, que, fuyant tout appui,
Chacun ſe ſuffiſe à ſoi-même:
Mais la nature, à ce blaſphême,
Souleve ſon cœur contre lui.
L'homme ne vit que dans autrui,
Et n'exiſte qu'autant qu'il aime.

DESMAHIS.

MADRIGAL

*A Madame de***, en lui envoyant les Œuvres Myſtiques de Fénelon.*

QUAND de la Guyon le charmant Directeur
Diſoit au monde : Aimez Dieu pour lui-même ;
Oubliez-vous dans votre heureuſe ardeur :
On ne crut point à cet amour extrême ;
On le traita de chimere & d'erreur.
On ſe trompoit : je connois bien mon cœur,
Et c'eſt ainſi, belle Eglé, qu'il vous aime.

VOLTAIRE.

A Madame de MARTEL.

LE tendre Apelle un jour, dans ces Jeux tant vantés,
Qu'Athenes ſur ſes bords conſacroit à Neptune,
Vit, au ſortir de l'onde, éclater cent beautés ;
Et prenant un trait de chacune,
Il fit de ſa Vénus le portrait immortel.
Si de ſon tems avoit paru Martel,
Il n'en auroit regardé qu'une.

LAINÉS.

LES CINQ SENS.

IMPROMPTU.

J'AI bu du vin chez Silene;
J'ai senti parfums & fleurs;
Je vois les beaux yeux d'Ismene;
J'entens ses accens flatteurs,
Le plaisir en est extrême.
Mais auprès d'elle, je sens
Que le toucher, quand on aime,
L'emporte sur tous les sens.

Le Marquis de ST. AULAIRE.

*A Mademoiselle P***.*

OUI, j'ai rêvé, chamante Eléonore,
Que vous étiez le Dieu qu'on nomme Amour;
Mais, par malheur, la nuit fait place au jour:
Je vous revois, & l'erreur dure encore.

L. C D. B.

VERS.

L'Auteur s'excuse de ne pouvoir faire de Vers pour une Dame qui lui eu demandoit.

QUAND à mon esprit je propose
De faire pour vous vers ou prose,

Il ne trouve rien de plus doux.
Si pourtant à votre courroux
Souvent sa paresse m'expose,
Savez-vous quelle en est la cause?
Il s'amuse à penser à vous,
Et ne veut plus faire autre chose.

SEGRAIS.

VERS
Donnés au Bal de l'Opéra, à Mad. la Comtesse de BEAU-HARNOIS.

Vous espérez en vain n'être pas reconnue;
Les graces qui toujours accompagnent vos pas,
Vous décelent à notre vue.
Si vous êtes masquée, elles ne le sont pas.

Par M. le Marquis DE PERDRIER.

MADRIGAL

Clarice paroît en ces lieux.
Cachez-vous ou fermez les yeux,
Vous tous qui de l'amour ne suivez point les traces.
Personne n'est en sûreté,

Quand on voit arriver les Graces
A la suite de la Beauté.

M. LA SABLIERE.

SUR une Demoiselle qui aimoit éperduement un Moineau franc.

PHILIS, en baisant un Moineau
Qu'elle aime à la folie,
Songe aux ardeurs du Passereau,
A ce qu'on en publie;
Elle voudroit que ses Galans
Fussent tout ainsi comme,
Ou que sans perdre ses talens,
Son Moineau devînt homme.

CHAULIEU.

MADRIGAL.

*A Madame de***, sur un passage de Pope.*

POPE l'Anglois, ce Sage si vanté,
Dans sa Morale au Parnasse embellie,
Dit que les biens, les seuls biens de la vie,
Sont le repos, l'aisance & la santé.
Il s'est trompé. Quoi! dans l'heureux partage

Des dons du Ciel faits à l'humain séjour,
Ce triste Anglois n'a pas compté l'Amour ?
Qu'il est à plaindre ! Il n'est heureux ni sage.

VOLTAIRE.

LES BAISERS.

PAR un baiser, Corine, éteins mes feux.
—Le voilà, prends.—Dieux ! mon ame embrasée
Brûle encor plus.... Encor un.—Sois heureux,
Tiens...—Mon ardeur n'en peut être appaisée :
Corine, encor.... Ah ! la douce rosée.
—En voilà cent pour combler tous tes vœux.
Es-tu bien, dis.—Cent fois plus amoureux.
—En voilà mille. Est-ce assez....—Pas encore.
Un plus grand feu m'agite & me dévore ...
Corine. — Eh bien ! dis donc ce que tu veux ?

BERNARD.

A Madame NECKER.

J'ETOIS nonchalamment tapi
Dans le creux de cette statue,
Contre laquelle a tant glapi

Des méchans l'énorme cohue ;
Je voulois d'un Ecrit galant
Cajoler la belle Héroïne,
Qui me fit un si beau présent
Du haut de sa double colline.

※

Mais on m'apprend que votre époux,
Qui sur la cime du Parnasse
S'étoit mis à côté de vous,
A changé tout-à-coup de place.
Il va de la Cour de Phébus,
Petite Cour assez brillante,
A la grosse Cour de Plutus,
Plus solide & plus imposante.
Je l'aimai, lorsque dans Paris
De Colbert il prit la défense,
Et qu'au Louvre il obtint le prix
Que le goût donne à l'Eloquence.
A Monsieur Turgot j'applaudis,
Quoiqu'il parût d'un autre avis
Sur le Commerce & la Finance :
Il faut qu'entre les Beaux-Esprits
Il soit un peu de différence,
Qu'à son gré chaque mortel pense,
Qu'on soit honnêtement en France
Libre & sans fard dans ses Ecrits :
On peut tout dire, on peut tout croire ;

Plus

Plus d'un chemin mene à la gloire,
Et conduit même en Paradis.

M. VOLTAIRE.

ENVOI
de deux Colombes.

SIMBOLE des amans fideles,
Tendres oiseaux chers à Cypris;
Vous que j'ai pris pour mes modeles,
Je vous envoie à ma Néris.

✿

C'est la meilleure des maîtresses:
Votre destin sera trop doux.
Que vous en aurez de caresses,
Et comme elle aura soin de vous!

✿

Ne prenez point un air farouche;
Vos repas seront dans sa main,
Quelquefois même sur sa bouche,
Et pour nid vous aurez son sein.

✿

Le printems revient dans la plaine;
Les frimats font place aux beaux jours:
Zéphir de sa féconde haleine
Va faire éclore les Amours.

✿

Sous les yeux de ma belle amie,
Suivez vos tendres mouvemens :
Plongez-la dans la rêverie
Par vos fréquens roucoulemens.

✿

Que j'aimerois à la surprendre
Comptant vos baisers trop nombreux !
Pourroit-elle alors se défendre
De m'en donner seulement deux ?

Par M. MARÉCHAL.

VERS à SOPHIE,

Faits en me promenant sans elle.

TOI que le Ciel a fixé sur ces rives
Pour le bonheur du plus fidele Amant,
Dis-moi pourquoi les heures fugitives,
Loin de tes yeux, coulent si lentement ?

✿

Si je ne puis te parler & t'entendre,
Toujours rempli de ton doux souvenir,
Au sein des bois, mon luth fidele & tendre;
De tes beautés saura m'entretenir.

✿

A ces valons, à l'écho solitaire,
Aux Dieux Sylvains, citoyens des ormeaux,

De mon amour je dirai le myſtere,
Et j'apprendrai ton nom à ces côteaux.

✿

Mais viens plutôt. Ah! viens dans ces
lieux ſombres,
Payer mon cœur du plus juſte retour:
Ce doux zéphir, ce ſilence, ces ombres,
Ces verds gazons, tout parle ici d'amour.

✿

Sur tes beaux yeux que ma bouche preſſée,
A ta pudeur faſſe un tendre larcin,
Et dans mes bras mollement enlacée,
Laiſſe tomber ta tête ſur mon ſein.

✿

Ainſi toujours, ô ma belle Sophie,
Sachons braver le ſort trop inconſtant:
De jours heureux rempliſſons notre vie,
Et que la mort nous frappe au même inſtant.

*Par M. C***.*

MADRIGAL.

J'AVOIS preſſé l'Amour de vous dire que
j'aime;
Lui ſeul peut exprimer tout l'excès de mes
feux:

Mais je craignois qu'en voyant vos beaux yeux,
Ce Dieu ne parlât pour lui-même.

MONCRIF.

VERS.

Je suis Roi des Enfers; Neptune est Roi de l'onde :
Nous regardons avec des yeux jaloux,
Jupiter, plus heureux que nous.
Son sceptre est le premier des trois sceptres du monde.
Mais si de votre cœur j'étois victorieux,
Je serois plus content d'adorer vos beaux yeux,
Au milieu des Enfers, dans une paix profonde,
Que Jupiter, le plus heureux des Dieux,
N'est content d'être Roi de la Terre & des Cieux.

QUINAULT.

A une Princesse aimée de trois Rois.

L'ARC de Nembrod est celui de la guerre;
L'arc de l'Amour est celui du bonheur.
Vous le portez : par vous ce Dieu vainqueur

Est devenu le Maître de la terre.
Trois Rois puissans, trois rivaux aujourd'hui,
Osent prétendre à l'honneur de vous plaire.
Je ne sais pas qui votre cœur préfére,
Mais l'univers sera jaloux de lui.

VOLTAIRE.

---

*A Mad. la Comtesse de B***, qui avoit joué dans un Proverbe le rôle d'un jeune Mendiant.*

SOUS les traits charmans de Bussi,
L'Amour mendioit à Cythere.
Ah! disoit-il, de ma misere,
De grace ayez quelque souci.
Je suis jeune & n'ai plus de mere,
Et mon sort est à la merci.
L'œil tout trempé de larmes feintes,
Le Dieu malin ainsi parloit:
C'étoit aux cœurs qu'il en vouloit,
Et cœurs attendris par ses plaintes,
Tomboient sans nombre en son filet.
A mon tour je viens à paroître;
Il me tend sa petite main,
Mais en dessous le jeune traître
Me jette un sourire malin,
Et ce souris le fait connoître.
J'entre alors en profond souci,

Et cherche pour quelle aventure
L'Enfant aîlé se cache ainsi :
Oh ! me dit-il, n'en ayez cure.
C'est mon secret, & le voici :
Quand je veux faire ample capture ;
Vîte, je quitte ma figure,
Et je prends celle de Bussi.

Par M. ROUCHES.

POUR deux Sœurs.

SI Cloris est charmante, Iris n'est pas moins belle.
Entre ces deux objets mon cœur reste flottant :
Ne m'en offres qu'un seul, je vais être fidele.
Offres-les moi tous deux, je vais être inconstant.

Par M. l'Abbé DE LILLE.

VERS

*Son Altesse Sérénissime Mlle. de B***, qui se plaignoit du malheur d'avoir dix-huit ans.*

DANS ce beau jour fais grace aux destinées,
Sans honte on peut compter dix-huit printems.

Console-toi des outrages du tems :
Flore & l'Amour ont ce nombre d'années.

Flore & l'Amour ont fait choix de ton âge,
Et leur vieillesse est l'ornement des Cieux.
Reçois l'encens que l'on brûloit pour eux :
Tu plais de même, on t'aime davantage.

Graces, vertus, dans toi tout intéresse ;
Sur toi le sort épuisa ses présens ;
Et ton beau teint, malgré le poids des ans,
Conserve encor la fleur de la jeunesse.

Filles du Stix, que le tems se repose,
Et qu'il s'endorme au bruit de vos fuseaux :
Hébé, Bourbon est du Sang des Héros,
Et le laurier doit garantir la rose.

DORAT.

A Mlle. ROCHOIS, *en lui envoyant l'*Art d'aimer d'Ovide.

THEONE, à qui les Dieux donnerent
Tout ce qui sait charmer & l'oreille & les yeux,
Et que les Graces ornerent
De mille dons précieux ;
Lisez, de l'*Art d'aimer* les maximes galantes,

Et vous jugerez aisément,
Selon ces regles importantes;
Que je dois être votre amant.
Ce Livre, après cela, vous est peu nécessaire:
Laissez-là les leçons qu'il donne pour charmer.
Vous savez trop comme il faut plaire,
Pour ne connoître pas comment il faut aimer.

CHAULIEU.

VERS

A Madame la P. de F.

LE Dieu du Pinde & le Dieu de Cythere
Sur vos attraits se disputoient un jour:
C'est sa beauté qu'on aime, dit l'Amour;
C'est son esprit, dit l'autre, qui sait plaire.

✿

Hélas! comme eux, dans un débat semblable,
Qui ne seroit embarrassé du choix?
En vous voyant, on adore à la fois
La beauté sage & la sagesse aimable.

✿

Belle F.... on ne peut se soustraire
Au sentiment par vous-même inspiré.
On n'en dit rien, mais au moins sachez gré
Des longs efforts qu'on se fait pour le taire.

✿

A le dompter on ne sauroit prétendre :
Il nous faudroit, soit dit sans vous fâcher,
Votre vertu pour pouvoir le cacher,
Ou vos accens pour vous le faire entendre.]

Par M. BLIN DE SAINMORE.

ENVOI
d'un Recueil d'Eloges de plusieurs Dames illustres,
A Madame la Marquise de S. Simon.

ENTRE divers Portraits que vous allez connoître,
Objets que les Amours ont formés à plaisir ;
Choisissez qui voulez être.
Mais que dis-je ? Pourquoi choisir ?
Voulez-vous à la fois être la belle Laure,
Hébé, même Psyché ? Vous y perdrez encore.
Croyez-en les Amours : ils confirmeront tous
L'oracle prononcé par leur bouche divine.
Eglé, tout ce qu'on voit, tout ce qu'on imagine,
N'offrira jamais rien de plus charmant que vous.

MONCRIF.

IMITATION D'ANACREON.

C'EST en vain que la jeune Iris,
Pour m'obliger d'être plus sage,
Me fait souvenir de mon âge,
Et me montre mes cheveux gris ;
Suivant l'avis de cette Belle,
Je pourrois bien me contenir,
Si je voyois dans l'avenir
Autant de tems à perdre qu'elle.

PAVILLON.

FIN.

TABLE

de la Premiere Partie.

TABLE

De la ſeeonde Partie.

MESSIEURS

Fin de la Table.

www.ingramcontent.com/pod-product-compliance
Ingram Content Group UK Ltd.
Pitfield, Milton Keynes, MK11 3LW, UK
UKHW021110290826
14628UKWH00014B/1567

9 782019 709532